田鼠四季
MOUSE SEASONS

文‧圖 / 李歐‧李奧尼 Leo Lionni

譯 / 孫晴峰

步步出版

社長兼總編輯 | 馮季眉　主編 | 許雅筑　責任編輯 | 李培如　編輯 | 戴鈺娟、陳心方　美術設計 | 蕭雅慧

出版 | 步步出版 / 遠足文化事業股份有限公司

發行 | 遠足文化事業股份有限公司（讀書共和國出版集團）

地址 | 231新北市新店區民權路108-2號9樓

電話 | (02)2218-1417　傳真 | (02)8667-1065

客服信箱 | service@bookrep.com.tw

網路書店 | www.bookrep.com.tw

團體訂購請洽業務部 |　(02)2218-1417 分機1124

法律顧問 | 華洋法律事務所 蘇文生律師

印製 | 通南彩色印刷有限公司　定價 | 320元　初版 | 2023年8月

書號 | 1BSI1093　ISBN | 978-626-7174-54-8

國家圖書館出版品預行編目(CIP)資料

田鼠四季／李歐‧李奧尼（Leo Lionni）文‧圖；孫晴峰譯. -- 初版.
-- 新北市：步步出版，遠足文化事業股份有限公司，2023.08
32 面；27.3×22.2 公分　國語注音
譯自：MOUSE SEASONS
ISBN 978-626-7174-54-8（精裝）
874.599　　　　　　　　　　　　　　　　　112011201

特別聲明：本書僅代表作者言論，不代表本公司／出版集團之立場。

MOUSE SEASONS
田鼠四季

文·圖／李歐·李奧尼
Leo Lionni
譯／孫晴峰

是誰在天上撒雪花？

是ᵖ誰ᵖ把ᵖ冰ᵖ雪ᵖ融ᵖ化ᵖ？

是ˋ誰ˊ把ˇ天ㄊㄧㄢ氣ˋ弄ㄋㄨㄥˋ糟ㄗㄠ？

是誰讓天氣變好？

是誰在六月裡種幸運草？

是誰把日光調暗？
又是誰把月亮點著？

四隻住在天上的小田鼠，
四隻小田鼠……就像你和我。

最先來的是春田鼠——
撐開蓮蓬頭讓雨滴往下灑。

隨後來的是夏田鼠——
牠在花朵上塗顏料。

接著到的是秋田鼠——
帶來麥穗與核桃。

最後來的是冬田鼠——
踏著一雙小冰腳。

我ˇ們ˊ是ˋ多ˊ麼ˉ幸ˋ運ˋ啊˙ ——

一ㄧ年ㄋㄧㄢˊ有ㄧㄡˇ四ㄙˋ季ㄐㄧˋ，不ㄅㄨˋ多ㄉㄨㄛ也ㄧㄝˇ不ㄅㄨˋ少ㄕㄠˇ！